물속의 물고기

물속의 물고기

도건우 지음

좋은땅

목차

사연

우리 모두는 가슴 깊은 곳에
혼자만 오래도록 보고 싶은
사연 하나씩을 묻어 두고 산다.

사연들은 이젠 색이 바래고
설렘도 예전 같지 않지만
모두는 하나같이 그 사연들을
생명처럼 꼬옥 쥐고
숨 가쁘게 하루를 살아간다.

지금 당장이라도
빛바랜 편지봉투가 열리고
수줍은 미소를 지으며
그 사람이 올 것 같은 상상에
아무도 모르는 잔잔한 행복을 머금는 우리
그로 인해 힘들었던 하루가
달콤하게만 느끼지는 우리는

어쩌면
엄마 찾아 헤매는 한 마리 어린 양처럼
세상의 순수함 그 자체일는지 모른다.

우리 모두는 언제까지나
가슴 깊은 곳에
혼자만 오래도록 보고 싶은
사연 하나씩을 묻어 두고 산다.

물속의 물고기

태양이 따스하게 내리는 날은
가끔 푸른 물속도 포근합니다.

이 많고 많은 물고기 중에
당신을 찾기란
쉽지 않을 거란 걸 알지만
물고기가 많이 모이는 자리라면
우악스런 그물이 펼쳐졌다 해도
당신을 찾기 위해 나는
끝없이 헤엄치고 헤엄쳤습니다.

가끔 비 내리는 날은
수면으로 자맥질하며
땀 식히는 날 있어 감사했고
어딘가 있을 당신을 생각하면
그래도 살아 있음이 행복했습니다.

하지만
커다란 무언가가 내 몸을
공중으로 떠올릴 때
그제서야 나는 알았습니다.
당신은
저 넓은 태평양에서 헤엄치고 있었고
나는
어느 횟집 수족관에서 헤엄치고 있었다는 사실을

나는 물고기입니다.
나는 눈물이 없습니다.
그러해서 나는 더욱 슬픕니다.

눈물없이 당신을 잊는다는 것
그것이 사랑이고,
인생인가 봅니다.

기도

내가 아닌
다른 사람의 아내로 살아갈
당신을 생각하며
먼 하늘을 바라봅니다.

당신도 이젠
나이가 들어가겠지요.
맑게 웃어 주던 그 눈가에
잔주름이 하나둘 생기기도 했겠네요.

당신,
살면서 힘들고 어려울 때
내 생각나던가요.
난 정말이지
너무 힘들 때면
당신 생각 많이 했습니다.

우리 서로 사랑하던 시절엔
당신, 나 닮은 아이 낳는다면
밤새도록 곁에서 지켜 줘야지 하며
행복한 꿈을 꾸었었는데
결국 당신은
다른 사람의 아이를 낳았겠네요.
고통의 끝, 눈물의 저 뒤편에
조용히 미소 짓던 내 모습 보이던가요.
나 당신 위로 많이 했는데……

지금도 나는
우리의 이야기들을 찾아가곤 합니다.
함께 타던 버스며
거닐던 공원과 벤치
모든 것이 그대로인데
당신만 빠져 버린
그 배경을 보고 있으면
가끔
서늘한 눈물이 찾아오기도 합니다.

지금은 다른 사람의 아내로
이 하늘 아래 어딘가에 살고 있을 당신

행여
당신이 삶에 지치고, 힘들어
내 생각하지 않는데도
나는 그로 인한 서운함보다
당신에게 더 주지 못했던
내 사랑을 아쉬워하며
오늘도
당신과 당신의 가족
그리고 당신에게 소중한 모든 이들을 위한
간절한 기도를
저 하늘 멀리
띄워 보냅니다.

청개구리 사랑

나는 삶을
청개구리처럼 살았다.
너를 만난 후론
더욱 그랬지.

청개구리가 결코
엄마를 미워한 게 아니듯
나 또한
사랑 표현이 서툴렀을 뿐.

비가 오는 날이면
청개구리도 울고
나도 울고

삼 분

강의를 기다리는 시간
삼 분.
스마트폰을 볼까
책을 읽을까

잠시 눈 감고
당신을 그려 봅니다.

당신의 환한 얼굴
당신의 미소
그리고, 따뜻한 포옹

결국 나는
강의 시간 내내
당신을 배우고 말았습니다.

운동화 끈

신발 끈이 자주 풀리는 건
누군가가 나를 그리워하는 거랍니다.

당신을 만난 후로
나는 운동화 끈을 느슨하게 묶습니다.

시간이 제법 흘렀어도
열리지 않는 당신 마음 앞에서
운동화 끈이 풀릴 때마다
나는 당신을 느낄 수 있습니다.

오늘도 북적이는 큰길 위에서
운동화 끈이 풀리고
나는 당신 앞에 무릎 꿇고
사랑을 배워 갑니다.

복사기

당신 생각에
밤잠을 설쳤습니다.

지친 몸으로
오전 내내 복사 업무를 합니다.

또렷이 복제되는
그림과 활자들을 보면서
문득 부러움이 생깁니다.

내 마음도
복사가 될 수 있다면
당신에게 모두 보여 줄 텐데

그 순간 복사기는
요란한 고장 신호와 함께
용지 한 장을 뱉어 냅니다.

면 전체가 검게 복사된

그 모습이

당신 때문에 까맣게 타 버린

내 마음 같습니다.

놀이터에서

혼자서 땅따먹기를 하면
놀이터 땅을 다 먹어도
자꾸만 심통이 났다.

엉금엉금 땅거미가 내려와
친구들 모두 쫓아 버린 놀이터
독백처럼 그네에 앉아
발로 모래 장난을 하는데
빗방울이 뚝뚝 대책 없이 떨어졌다.

친구들처럼 나도
한달음에 집으로 돌아가
풍덩 엄마 품에 빠지고 싶었지만
초등학교 저학년으로 내가 알았던
몇 안 되던 진실 중 슬픔 하나는
돈 벌러 버스 타고 공장 간 엄마.

학교보다 싫었던 깜깜한 방과
친할 수 없었던 어린 것은
그날로 비를 좋아해 버렸다.

비를 맞으면 행복했다.
모두에게 차별 없이 내려주어 고마웠다.
새순 같던 머리를 적시고
볼을 타고 흐르던 비는
눈물 감싸 하나 되어 흐르고

눈물비 번지던 모래 위에는
희미한 낙서 흔적
'엄마'

안부

자전거를 타고
당신과 들길을 달릴 때면
바람이 세차게 불어도
햇살이 눈부셔도 좋았습니다.

내 옷자락을 꼭 잡고
가만히 등에 기댄
당신을 느끼며
사랑의 무게도 느끼곤 했습니다.

당신에게 성가시던 바람과 햇살은
내가 막아 주고
힘겨워 가끔 흔들리던 나를
당신이 뒤에서 잡아 주면
어려움 속에서도 행복하기만 하던
평생을 미소 짓게 만드는 시간이었습니다.

지금은 당신이 떠난
자전거의 뒷자리엔
사랑하는 내 아내와 아이가
나의 그늘에서 바람과 햇살을 피하며
나를 지탱해 주고 있습니다.

이런 내 모습 본다면
당신도 환한 미소 짓겠지요.
당신에게 더 해 주지 못했던 사랑
우리 가족에게 더 많이 주라
축복해 주겠지요.

오늘은 유난히
바람이 부드럽고
햇살은 따사롭습니다.

내가 달려가는 저편에
아득히 다가오는 사람이
혹시 당신일지도 모른다는 마음에

바람에게 햇살에게
당신 안부를 물어 보냅니다.

사랑니

사랑니 뽑고 돌아오는 길
상실의 언덕에 바람이 차다.

분명 함께했건만
통증으로 찾아온 그 존재감
간판 하나 거창한 순백의 젊음이여.

사랑 받지 못한 세상 골짜기
시린 유언 불어 오면
내 가진 위로란
달랑 문풍지 한 장 발라 주는 일.

무심한 날들 지나고
사랑니 모두 떠나가는 날
나는 그적 청춘일 수 있을까.
과연 사랑할 수 있을까.

별

하늘에 떠 있는 별의 숫자는
바다 속 불가사리만큼입니다.

낮이면 불가사리 바다 깊이 잠자고
밤이 되면 하늘로 올라가 별이 된다고
당신이 내게 속삭였습니다.

당신이 떠나고
이렇게 혼자 별을 보고 있으면
동화 같던 우리 사랑도
예쁜 한 마리 불가사리가 되고
까만 밤하늘 별이 되어
보석처럼 눈물처럼 반짝입니다.

우리들의 모든 사랑 이야기들은
밤하늘 가득 별이 되었습니다.

조우

잠시만이라도 당신을
다시 만날 수 있다면
한때도 놓지 않은 그리움만큼
사랑했더라고

시간에 풍화된 내 얼굴에
미소라도 반겨 오면
염치없는 주름살도 꿈꾸는 소년

천벌 받을 만큼 헤집은 당신 인생
급작스런 별리에
따뜻한 말 한마디 못 하고는
매일 새벽 속죄의 구도가 열리는 내 가슴에
사연은 그믐달 별이 되어 총총 이는데

잠시만이라도 당신을
다시 만날 수 있다면

소원하던 용서만 허락 받을 수 있다면
행복했더라고

죽는 날까지는
보고 싶은 것 참으며
행복하리라고

스테인드글라스

공중 목욕탕 천정에
빨간색 파란색 스테인드글라스가 장식되어 있습니다.

빨강 파랑 빨강 파랑
빨강 파랑 노랑 파랑
글라스 한 장만 유독 노란색입니다.

청소하시는 주인께 여쭤 보니
노란색은 포인트라 합니다.
그 애길 듣고 다시 보니
포인트가 참 예뻐 보입니다.

온탕에 다시 앉아
천정의 장식을 가만히 바라봅니다.
노란색 글라스에
천천히 당신 모습이 나타납니다.

당신이 없었다면 나는
어디까지 지루하고 심심했을까요.

내 인생
한 장의 노란색 스테인드글라스는
오직 당신입니다.

지난밤

지난밤 꿈속에서
당신을 만났습니다.

당신은 예전처럼 미소 지으며
나를 포근히 안아 주었습니다.

당신 손을 잡고
밤새 걷던 그 길이
어찌 그리도 행복하던지요.

시간이 지나
알람 소리에 눈을 뜨고서
당신과 헤어졌음을 알았습니다.

당신에게
작별 인사라도 하고 싶어
두 눈 꼭 감고

오지 않는 잠을
다시 청해 봅니다.

길

요즘 네비게이션
너무 좋아서
못 찾아가는 길
하나 없지만

아직도 내가
찾아 헤매는
당신에게 다다르는 길

첫사랑

누구에게나 있는 것
이름뿐만 아니다.

상처 난 더듬이로 제자리를 맴도는 곤충처럼
그대 얼굴은 회귀선 끝자리에 있다.
떨어지는 사과는 과학자의 빵이라도 되었지만
익기 전 솎아진 우리는 객관적으로 썩어 버렸으니

야간자습의 월담 같던
하나뿐인 자존심 같던
그 얼굴을
내 이름에 붉게 새기며 울었다.

누구에게나 있는 것
이름뿐만 아니다.
목숨뿐만 아니다.

당신이 보고 싶음 어쩌죠

비가 오는 날이나
비가 오지 않는 날이나
당신이 보고 싶음 어쩌죠.

슬픈 날이나
슬프지 않은 날이나
당신이 보고 싶음 어쩌죠.

외로워도 외롭지 않게
외롭지 않아도 외롭게
나를 만드는

당신이 보고 싶음 어쩌죠.
어쩜 당신이 보고 싶죠.

식사를 챙기던 사람

식사를 챙기던 사람 있었다.
온전히 함께하던 사람 있었다.

지금껏 살아온 날까지
그만큼 기다려 준 사람 다시 없으니
마지막 숨 쉬는 날까지
나는 기다려야 하리.

현재가 중요하다는 진리보다도
추억으로 별을 만드는 진실이 아름다운 건
체온으로 밥을 짓고
기다림으로 눈물 짓던
당신 때문이다.

식사를 챙기던 사람 있었다.
온전히 함께하던 사람 있었다.
그래, 그런 사람이 내게도 있었다.

아득하고 아늑한

아득한 곳을 향해
기차가 달려갑니다.

나는 당신 무릎을 베고 누워
차창에 부딪히는 꽃눈개비를 바라봅니다.

아! 나는 이대로 죽어도 좋겠구나.
그리고는 조용히 눈을 감았습니다.

시간이 지나고
꽃눈개비는 몇 번을 피고 졌지만
아직도
아늑한 곳을 향해
기차는 달리고
또 달려갑니다.

약속

아쉽게도 우리 약속
몇 가지만 기억되지만
눈망울에 담겨 있던 봄꽃 같던 수줍음
아직도 나를 감싸 옵니다.

아름답게 지키자던 맹서
한마디 과거형으로 끝난 듯해도
내 심장 오늘도 들판을 달리니

망각의 강가에 선 시한부 같은 단어를
우리가 만들었던 하나뿐인 역사를
나는 영원히 믿고 사랑합니다.
어딘가에 편히 있을 신분증처럼
그 속에 표정 없을 내 사진처럼

숙명

사람이
사람을 만나고
알아가며
사랑하는 것은

숟가락을 들기 전부터
이미 배워 버린
우리의 습성이다.

사랑의 본래 얼굴은
지금은 사랑할 수밖에 없는
운명이 아니라
원래 사랑할 수밖에 없는
숙명이다.

그대에게 가는 길

보고 싶단 말보다
한 움큼의 침묵이 필요한 시간

바람 불고 가슴 일면
소설처럼 그려지는 그대에게 가는 길

딸꾹질처럼 터져 홍수가 되어 버린
불치의 추억을 안고
연초록 잎들 재잘대는 가로수 길에
아무 목적도 없이 나는 서 있다.
한참을 서서 바람을 맞는다.

시간이 모두 침묵으로 환원되어 끝나고
다시금 소란함이 내 길을 재촉하면

언제부터였을까!
돌아서는 내 두 볼 위로

아무런 이유 없듯 눈물이 흐른다.
아무런 그리움 없듯 그대가 흐른다.

회원동

무지개 빛 유화 같은
화려한 대도시의 거리보다
난 그대가 사는 수채화 같은
마산의 회원동을 더 좋아한다.

회원동 거리엔 언제나
촉촉한 하늘이 있고
포근한 바람이 있고
그대와의 이야기들이 있기에

난 땅값 비싸다는 화려한 도심보다
그대 가슴처럼 포근한
회원동에 살고 싶다.

새벽시장

잠이 많아 한 번도 보지 못한
새벽시장
분명 열린다는데
나는 못 보네.

평생 내 가슴에 있는
당신 모습
분명 살고 있는데
나는 못 보네.

복숭아와 여자친구

나는 복숭아를 좋아한다.
달고 부드러운 상큼함

나는 여자친구를 사랑한다.
발그레한 두 볼의 수줍음

불치의 병을 앓는 여자친구
병명은 복숭아 알레르기

그 비밀을 알게 된 후로
가능한 나는 복숭아를 피한다.

좋아하는 복숭아와
사랑하는 여자친구

좋아함과 사랑함의 차이는
내가 먼저인지

상대방이 먼저인지
그 아득한 간격에 있다.

기차여행

차창 밖으로 계절이 지나가고 있었다.
싹 트고 꽃 피고 열매 맺고 잠자면
숙명 같은 얼굴들을 새롭게 만나고
그리운 사람들을 떠나 보내기도 하며
예고 없는 눈물을 쏟아 내고 있었다.

목적지도 모른 채 달리는 기차
거머쥔 차표에는 종착역 없이
편도라는 둔탁한 도장만 남아
서로가 서로에게 그리움이 되는
소중한 추억들을 만들고 있었다.

등간격으로 몸을 타격하는 진동과
터널을 지나는 먹먹함
온 몸은 문신처럼 멍이 들어도
한 번만 허락된 이 여행을
우리는 즐겁게 받아들여야 한다.

모든 것을 인정하고 맡겨야 한다.

기차는 달리고 기억들만 남아
사랑하는 사람들이 사과 알처럼
주렁주렁 가슴속에 여무는 사이
간간이 객차엔 안내방송이 흐르고
그 끝엔 익숙한 이름들이 호명되고 있었다.

호명된 사람들은 자리를 털고 일어나
말없이 짐을 꾸리며 눈물을 훔쳤고
달려온 철길만큼 긴 이야기 너머로
우리는 침묵하듯 슬픔을 삼키고 있었다.

누구 하나 예외일 수 없는 하차의 시각
내 가슴 속 사과나무에도 저녁 노을이 비춰지고
아내와 나란히 반추하는 순간,
행여 아내의 이름이 먼저 호명된다면
나는 세월만큼 주름진 그 따스한 손을 이끌고
조용히 우리의 종착역에 함께 내리고 싶다.
나란히 손잡고 걷는 그날에

환송의 나팔소리 없어도 좋지만
온 세상 하얀 꽃잎이 날렸으면 좋겠다.

오늘도 차창 밖으로 계절은 지나가고
우리의 소중한 사람들은 떠나간다.
아직은 곁에 머무는 나의 사람들
그들을 더욱 사랑하며 살고 싶다.

달팽이

달팽이 느린 건
집에 돌아갈 이유가 없기 때문이다.

달팽이 어린 꿈에서 깨어났을 때
손에 쥐여진 집 등기부 보고
놀란 달팽이 눈이 되었다.

눈이 높이 달리면
꿈이 크리라는 기대를 멀리
달팽이는 감당할 크기만큼만
집을 가진다.

군불 지펴 나무하던 시절
지게질 할 만큼만 나무를 하듯
딱 고만한 무게의 인생을 산다.

그런 날

얼마나 그리운지 가늠할 수도 없는
내 가슴 시린 편지가
국어사전 모든 단어를
그대 영혼에 새기는 날.

그대 미소 가득한
노란 국화 한 다발이
하얗게 변하여
내 무덤가에 놓이는 날.

그런 날 나는
사랑했다 말할 겁니다.
그런 날 나는
행복했다 말할 겁니다.

바람개비

바람이 좋았다.
바람개비 되어 미친 듯 돌고 싶은 꿈

유치원에 다니던 사내 아이가
수수깡에다 핀을 꾹 눌러
나를 바람개비로 만들어 주었다.

완성되는 내 모습에
행복할 것이라
행복할 것이라
세상에다 외쳤다.

메아리는 완벽했지만 나는 오늘도
옷깃만 꽉 동여매고 울고 앉았다.

바람은 언제나
등 뒤에서 불어온다.

천사의 약속

치열하지 않은 사랑이 있을까
아프지 않은 이별이 있을까

사랑은 두 눈을 가리고도
벼랑 위를 질주할 수 있는 열정이리라
나락으로 떨어진다는 두려움으론
그 위대한 보석 속에 잠들 수 없으니

망치로 때려도 견딜 것 같은 가슴에
금빛 물감을 풀어 생명을 주고
시베리아 얼음판 위를 맨발로 걸어도
함께 있는 기쁨에 눈물 흘리는
변함없는 광기로 사랑하자
하늘의 축복이라 각인하며 살아가자

태초에 천사는 우리에게 약속했다
사랑한 크기만큼 이별의 아픔을 줄 것이라고

그래서, 우리는
사랑해야 하고, 아파해야 한다

치열하지 않은 사랑이 있을까
아프지 않은 이별이 있을까

빗방울

빗방울이 떨어지면
커다란 우산을 들고
아스팔트 위에 서 있습니다.

노란 내 우산에 떨어진 빗방울들이
통통 튕겨지는 소리를 내며
아프지 않게 잘 받아줘서
고맙다고 인사합니다.

얼른
친구들에게 전화해서
여럿이 함께 서 있자고 해야겠습니다.

행복한 붕어

오래된 사진첩 속에서 나를 반기는
사랑했던 내 소중한 사람들은
하늘로 돌아가서 그리움이 되었다.

아버지, 삼촌, 할머니, 할아버지
하늘이 허락해 준 시간이 끝나고
지금은 사진첩의 주인공으로 나를 찾는다.
모두가 붕어빵처럼 닮아 있다.

우리의 인생 이용권
두 번은 쓸 수 없는 자유 이용권.
나에게 허락된 자유가 다하는 날
나 또한 사진첩에 서서
그리운 사람들을 기다리고 싶다.

그래, 기왕이면 오늘부터는
예쁘게 웃으며 사진을 찍자.

나를 만나러 올 누군가를 위해
한 마리 행복한 붕어가 되자.

가장 먼저 떠오른 사람

누군가가
첫사랑이 누구였냐고 물었을 때
가장 먼저 떠오른 사람이
첫사랑입니다.

첫사랑은
가장 먼저 만난 사람도
가장 먼저 스킨십을 한 사람도 아닌
내가 가장 사랑했던
그러해서 지금도 내 가슴에
항상 살아 숨쉬는 사람입니다.

당신이 이 글을 읽고 있는 이 순간에도
그 사람, 당신과 함께 있습니다.
지금 떠오른 그 얼굴 말입니다.

지나고 나니

그 사람 아니면
안 될 것 같던 순간도

그 사람과의 이별로
죽을 것 같던 시간도

지나고 나니 내 가슴에
아름다운 이야기로 남았네.

전속력으로 과속방지턱을 넘었던
충격적이던 우리 사랑도

지나고 나니 내 마음에
예쁜 사진으로 남았네.

지나고 나니 당신은
나의 역사였네.

0726

많은 계절을 보내고
당신을 다시 만난 날
내 핸드폰 번호를 보고
당신은
많이 울었다고 했습니다.

내 번호 끝자리
0726
당신의
생일입니다.

왜 그랬냐는
당신의 눈물 섞인 물음에
나는 아무 말 못 하고
자꾸 흐려지는
하늘만 바라봅니다.

처음이자 마지막
내 번호 끝자리는
당신이 태어난 7월 26일

내 삶에서는
가장 소중할 뿐입니다.

당신을 보내고
버스에 올라 귀가하는 길
당신이 건네준 명함을 보고
한참을 고개 숙여 울었습니다.

당신 명함에 쓰여진 메일 주소
kjy_0513
가끔은 나도 잊고 지나가는
5월 13일
나의 생일입니다.

꽃핀

꽃핀을 하나 사 주었던가
내가 사랑하던 때
예쁜 그 꽃핀을
당신 머리에 꽂아 주었던가.

당신을 다시 만난 날
머리에서 반짝이던
그 예쁜 꽃핀
언제나 당신은 꿈속에서
꽃핀을 매만지며 수줍게 웃고 있었네.

오랜 세월 지나 버린
전하지 못한 내 마음 하나
아련하게 굳어 버린
서랍 속 내 눈물이여.

꽃핀을 하나 사 주었던가
내가 사랑하던 때.
예쁜 그 꽃핀을
당신 머리에 꽂아 주었던가.

예약석

매일 아침 깨끗이
청소를 합니다.

테이블 보를 갈고
예쁜 꽃을 장식합니다.

그리고는 테이블 가운데에
예약석 안내판을 놓아 둡니다.

내 마음 속
가장 환한 자리
당신의 예약석.

많은 시간 흘러도
내 기다림은
당신이기에
내 기다림은

하루하루 가슴 떨리는
내 인생의
축제입니다.

산과 꽃

사랑은 봄과 같아
소리 없이 오고
헤어짐도 계절 가듯
나를 데려다
멀리 혼자 남겨 둡니다.

내 모습이 산이라면
내 모습이 꽃이라면
흐르는 계절 따라
나를 놓아둘 텐데

봄처럼 시작된 사랑
겨울처럼 떠나 보내지 못해
이렇게 아프고
서러운가 봅니다.

문득
산을 바라봅니다.
꽃을 바라봅니다.
아직도 해야 할 일이
많다는 걸 느낍니다.

내가
산이고 싶고
꽃이고 싶은 때가
많습니다.

사람

해질녘 싸늘한 도심 거리
웅크리고 어깨를 스치는 발걸음들
검은 그림자 같은 저들도
분명 누군가의 사랑이리라.

회색 배경 지하도 계단
깡통만큼 구겨진 모습으로
구걸하는 노인의 가슴에도
사랑하는 사람들의 얼굴이 밝다.

우리는 사람이다
손 베이면 뜨겁게 붉은 피 흘릴 줄 알고
그리운 사람 가슴에 새길 줄 아는
그림자이기 이전에
걸인이기 이전에
사람 사이 존재하는 인간(人間)이다.

물건과 돈이 위치를 바꾸고
밤과 낮이 반쪽을 그리워하듯
우리가 서로를 주고받으며
끝없이 그리움 반복한다면

우리는 사람이리라.
함께해야 존재하는
진정한 그 무엇이리라.

미움이란

미움이란
가지지 못한 나에 대한 불만이다.
미움이란
참지 못하는 나에 대한 꾸지람이다.

오늘도 나는 누군가를 미워하고
가슴에다 소주를 붓는다.
36.5도의 따뜻한 알코올이
내 몸 구석구석을 헤집고 다닌다.

지금 나는 소독 중

그리움

그리움은
인연의 줄로 엉긴 그네

그리움은
비 오는 날 더욱 여린 가슴

보슬보슬 유리창에
빗방울 움트면
내 가슴 천천히 그네를 탄다.

마음이 똑같다

서울 사람 서울말 쓰고
지방 사람 사투리 쓴다.

지방 사람도 노래 부를 땐
서울말 쓰듯

서울 사람도 지방 사람도
사랑할 때는
그 마음이 똑같다.
사투리 없이 똑같다.

당면을 넣어 보세요

당신이 좋아하던 음식이
어느 날 갑자기 싫증 난다면
당면을 넣어 보세요.
식사 시간 내내 수저를 타고 흐르며
설렘을 줄 수 있어요.

당신에게 특별히 좋아하는 음식이 없다면
어떤 것에든 당면을 넣어 보세요.
그 순간부터 특별한 당신만의 음식이 될 수 있어요.

지금까지 당신의 인생이
슬프거나 외롭거나 힘이 든다면
당면을 한번 넣어 보세요.
하마 같은 흡입력으로
당신의 눈물도 한숨도 비지땀까지도
아름답고 매콤한 추억으로 바꿔 줄 겁니다.

무엇에든 당면을 넣어 보세요.
의심 말고, 믿고 넣어 보세요.
그때부터 당신의 모든 과제는
말끔히 해결될 겁니다.
지금부터 꼭 한 번만이라도
당면을 넣어 보세요.

여러분, 꼭 한번만 당면을 넣어 주세요.
내가 세상에서 가장 사랑했던 그 사람이
가장 좋아했던 당면을

모래시계

어디가 꿈과 현실의 경계인지
살아 있다는 것만 확인되던 고독.
전능하다던 신이 두고 간
모래시계 하나, 그리고
역삼각형이 사라지면
모든 것이 끝이라는 축복의 메시지.

역삼각형과 마름모가 모질게 손을 잡아
모래를 찾아 나는 떠났다.

한적히 사람 그리운 바다
식사 안부 물어볼 시간도 없이
온몸에 금빛 희망을 담고 있을 때,
지나던 어부는 처절히도 퉁명스레
거친 것은 필요 없다 말했다.

사공 없는 강나루 하얀 모래 섬
영원히 이방인일 것 같은 철새들의 무관심
깃털만 앉아도 허물어질 내 가슴에
생명의 은빛 구슬을 켜켜이 새겨 돌아와

역삼각형 머리 위에
산고(産苦)의 안간힘으로 생명을 더했지만
결국 둘은 섞이지 않았다.
따로 살아온 시간이 너무도 길었던 이유로

막막한 두려움
현실도 꿈도 구분할 수 없는
나 몰래 주어진 내 인생의
마지막 들숨을 삼켰을 때,
나의 당신, 하늘의 천사인 당신이
모든 것 포기하고, 오직 내게로 와
내 인생의 모래시계를
뒤집어 놓았다.

오월이 오면

아카시아 꽃 향기와 함께
오월이 옵니다.

내가 당신을
진정 잊지 못하는 것은
사는 동안 나를 위해
가장 많은 눈물을 흘려 준 사람이
당신이기 때문입니다.

나로 인해 눈물 흘렸고
나를 위해 눈물 흘렸던
그 가엾던 마음을 생각하면
지금도 심장은 터질 듯 요동칩니다.

당신을 만나던
오월의 밤이 깊어지면
아카시아 꽃 향기는

더욱 아련히 짙어져 옵니다.

바보 같은 내 마음 한 켠에
숨겨 둔 바람 하나는

당신을 다시 만나
꼭 일주일만 예전처럼 사랑하고
그 마지막 날 밤
내 삶을 마감하는 것입니다.
그래서 나는 눈 감으며
당신의 사랑과 눈물만을
간직하는 것입니다.

그 배경에
아카시아 향기까지 불어온다면
정말 바보처럼
이 세상은 영원히 아름다울 겁니다.

그대 향한 그리움

그대 향한 그리움이 짧아지기를
간절히 가슴 조여 기도했지만
기도가 길어질수록 그리움은
끝없이 끝없이 깊어만 갔습니다.

그대 향한 그리움이 깊어질수록
눈물 덮인 하늘과 세상 속에서
나를 미워하며, 모두를 원망하며
그렇게 사랑을 배웠습니다.

미움과 원망으로 뒤엉켜 일구어져
죽이지도 못할 위험한 사람으로
다시 태어나는 내 모습에
사람들은 조롱 섞인 위로를 던지고
어렴풋이만 보이는 그대를 향해
오늘도 나는 부숴지도록
조용히 혼자서만 손짓합니다.

그대 향한 그리움이 짧아지기를
내 삶이 다하도록 기도하는 건
영원히 그대 곁에 머물고 싶은
마지막 내 사랑의 방식입니다.

나를 닮은 사람

두 마음이
하나가 되던 날부터

사랑은 사람을
닮게 만든다는 걸 알았다.

오늘도
거울 앞엔 내가
거울 속엔 그대가 있다.

인생

변하지 않는 것은 아름답다.
내 삶도 이젠 하나를 고집하리.

차가운 가슴 덥혀 주고
따뜻한 가슴 더욱 사랑하고
나를 선택해 준 한 사람을
목숨처럼 지키며 살아가리.

변하지 않을 내 삶의 여정
그대의 가슴과 함께하리라.

욕심은 버려라

사랑하라
그러나, 욕심은 버려라

사랑하는 마음은
사막의 방랑자가 물을 찾아 떠도는
세월의 수레바퀴 같은 것이니
터져 나는 욕망 그대로
사랑하고 또 사랑하라

사랑은 누가 뭐래도 정결한 수행
설령 당신의 사랑을 받아 주지 않아도
억지를 끼워서 이루려 말라
욕심이 들어가는 순간
이미 그 사랑은 단두대에서 피를 뿌린 것

사랑하라
미친 듯 사랑하라

그러나, 욕심은 버려라

당신에게 반드시

끝없는 평안과 사랑이 찾아오리라

동전의 양면성

불행은 언제나
행운과 가까이 있는 것
동전의 앞뒤 면이 하나인 것처럼

불행의 칼날이 허파를 짓눌러도
의사의 손에서 칼은 생명이 되듯
보듬어야 할 무너진 가슴이 우리에게 있다면
동전을 뒤집을 만큼만
딱 그만큼만 열정적이면 좋겠다.

행운도 언제나
불행과 가까이 있으니.
지금 행운이 왔다고
너무 크게 웃지는 않았으면 좋겠다.
동전은 영원히 양면적이니.

사랑의 첫 페이지

어여쁜 유리 씨가

아침에 일어나
경쾌한 음악 들으며
세수하고
화장하고

콧노래 부르며
친구들 만나
수다 떨고
장난치고
감미로운 커피를 마셨는데

오후 늦게 들은
떠난 그대 소식에
홀연히 슬퍼져서는

하염없이 울고
밤새 술 마시며
아파하는 건

사랑이라는 사전의
첫 페이지 설명일 뿐입니다.

습관

집에 들어오면 언제나
냉장고 문부터 열듯
습관적으로 너를 생각하고
담배를 물었다.

습관은 운명을 따르는
여름날의 소나기
바꾸기도 피하기도
쉽지가 않다.

아름답게 기억되길
노력하지 않고
가이없게 지워지길
바라지도 않는
너를 그리워하는 습관은
우리 집 냉장고가 사라지지 않는 한
버리기가 힘들 것 같다.

사후 정산

두 번째 만난 날부터
나는 당신을 사랑하게 되었습니다.

나를 처음 만난 날부터
당신은 나를 사랑했다 했습니다.

당신의 사랑은 항상 그렇게
나보다 한발 앞에
나보다 높은 곳에 있었습니다.

삶이 끝나고 하늘로 돌아가는 날.
사랑도 정산이 된다면
당신에게 넘치도록 받은 사랑만큼
나는 즐겁게 벌받겠습니다.
그렇게,
사랑을 배우겠습니다.

지구라는 별에서

지구라는 별을
다녀간 나의 흔적은
당신입니다.

바람 불고 비 내리는 날도
햇살이 따스한 날도
당신이 있어
행복했습니다.

지구라는 별에
내가 다시 올 수 없는 이유도
당신입니다.

누구보다도 순수했고
누구보다도 나를 위해 희생했던
당신임을 알기에
그리고, 그 마음 변치 않음을 알기에

나는 결코 다시 올 수 없습니다.
설령 이것이 마지막 나의 안부일지라도
당신은 이 마음, 이해할 것을 잘 압니다.

그러해서 나는 약속합니다.
앞으로 이어질 다른 별에서의 내 여정 동안
당신을 기억하고 사랑하고 감사하며
당신의 행복을 위해 기도하겠습니다.

가엾은 당신
나의 가엾은 당신.
그럼 안녕히

지구라는 별에서
가장 소중했던
나의 사랑이여.

내 마음 아흔아홉이라

내 마음 아흔아홉이라
떨어지는 꽃잎 하나에도
눈물 마를 날 없다.

산다는 것이 살아 있는 것에
툭툭 어깨를 두드리면
너무 아름다운 것은 슬프다는
새벽별의 수줍은 속삭임.

점 하나도 친하고 보면
광활한 면이 되는 진실을 뒤로
나그네는 한 잔 술에
고향집 가는 길을 반추하지만

내 마음 아흔아홉이라
아흔아홉 구비구비
가는 그 길에

눈물 마를 날 없다.

눈물 그칠 날 없다.

값어치

월급날
봉투에 찍힌 초라한 합계가
집 나간 한숨도 돌아오게 하고
신(神)이 선물한 시간과 맞바꾼
짠 내 나는 허줄한 값어치에
누가 볼까 흘리지는 못하고
얼른 가슴에다 눈물을 부었다.

퇴근 후 저녁
그래도 격려하고픈 한 달을 위해
소주 한 잔을 눈물 위에 붓고
통조림 참치의 오렌지 빛 희망을 삼키며
그들의 진정한 값어치들이
핏줄 켜켜이 피어 오름을 느꼈다.

뼈가 으스러져도
부족함만 충만한 내 인생

가장 높게 쳐 준다는 동네 슈퍼에서도
천 원을 가까스로 넘기는 그네들의 인생

출생은 달랐지만
결국 닮아 버린 우리
진정한 값어치는 우리들 사이에 있다.

나의 태도

당신에 대한 나의 태도는
오직 하나입니다.

내가 가진 것이 많다면
모두를 당신에게 주고
당신에게 어려움이 있다면
모두를 내가 짊어지는 것입니다.

그리하여 당신에게는
추운 겨울에도
항상 꽃과 향기가 있는 배경을
선물하고 싶음입니다.

이렇듯
당신에 대한 나의 태도는
오직 사랑입니다.

설령

나에 대한 당신의 태도가

그렇지 않다 하더라도

이 정도면

나이 들면서
일주일에 네 번 마시던 술을
한 달에 네 번 마신다.

나이 들면서
하루에 네 번 하던 당신 생각도
한 달에 서너 번만 한다.

이 정도면
하늘로 돌아갈 준비
다 된 것 같다.

이 정도면
당신 마음
아프진 않겠다.

먹구름 뒤에는

비를 뿌리는
먹구름 뒤에는
항상 파란 하늘이 있습니다.

지금은 비록
그대와 나
비를 맞고 있지만

우리는 압니다
곧 구름 걷히고
푸르른 날이 오리라는 걸

그리고, 우리는 느낄 겁니다.
먹구름도 아름다운
우리 사이의 풍경이었음을

우주에서 만나요

우주에서 만나요.
우리

한 권의 책은
하나의 새로운 세상.

학교 도서관은
우리의 아름다운 우주였네.

열람실 서가 사이로
당신과 술래잡기 같은 사랑을 하며
영원한 사랑을 꿈꾸었지만
찢겨진 진공포장 속 닭 가슴살처럼
우리의 사랑 상해 버렸네.

세월이 많이 지난 뒤
서로 꼭 한번 보고 싶다면

우주에서 만나요, 우리

나는 오늘도
우주 정거장 앞을 서성인다.

허락

허락해 줘서 고맙습니다.
당신을 사랑할 수 있도록

햇볕 잘 드는 양지에서
그 마음 곱게 키워
내가 세상 떠나는 날, 당신을 위해
온 세상 예쁜 꽃송이를 뿌리렵니다.

허락해 줘서 고맙습니다.
영원히 당신을 사랑할 수 있도록

김밥

내가 초등학교 3학년일 때
아픔, 슬픔, 눈물을 잘 모를 때
봄 소풍을 간 적 있었지.

가난했던 살림에도 정성 하나로
가방 가득 설레던 엄마의 김밥.

점심시간이 되고 친구들과 난
서로의 도시락을 나눠 먹었는데, 친구 중 하나가
내게서 가져갔던 엄마의 김밥 몇 알을
배가 부르다며 나무 아래에 던져 버렸어.

그때 나는 알았지
엄마의 마음이 땅에 뒹굴며
흙투성이가 될 때, 아픔을 알았지.
곧 슬픔이 몰려왔고
나는 울기 시작했어 그리고 결국

점심시간이 끝날 때까지 울고 말았어.

어릴 땐 찾기 힘들었지만
알고 보면, 엄마가 해 준 모든 것들에는
그런 보석들이 숨겨져 있었어.
나도 모르게 내가
어린 내 딸아이에게 하는 것처럼

아직도 나는 뷔페 식당을 가면
김밥을 많이 먹는 최고의 손님으로 남아
언제까지나 엄마의 사랑을 느끼고 있어.

오늘도 그리운 엄마를……

모기와 그늘

뜨거운 산중에서 지쳐 본 사람은 안다.
바람이 곁든 휴식의 위대함을

한여름 일요일의 산행.
산과 함께 쨍쨍하게 튼실한 알곡처럼
나는 익어 가고 있었다.

가장 사랑하는 사람은
변할 수 없지만
가장 하고 싶은 것은
수시로 변하는 것
일요일 태양 아래서
나는 주검처럼 쉬고 싶었다.

걷고 걸어도 미로 같던 방황의 끝.
무인도 야자수만큼 쬐그만 그늘 아래
인정도 없고 사정도 없는 사람처럼

크다는 의미를 그리며 누웠다.

인생에 있어 편안한 시간은
과연 얼마나 될까.
한여름의 그늘 밑은
얼마나 편안한 시간일까.

산에 적을 둔 모든 모기가 모인
죽도록 치열한 그늘 아래서
바둑판에 꽉 찬 흑백처럼 부어 오른
내 가엾은 몸뚱아리를 느끼며
나보다는 모기가
양지보다는 그늘이
이 시대의 진정한 승리자임을 느낀다.

네 잎 클로버

오랜 시간 책갈피에서
향긋한 활자 같던 네 잎 클로버
내 실수로 그만
한 잎이 떨어져 버렸다.

미워져 버린 봄 처녀의 두 볼 같아
안타까움 하나 가득 붙이려 애써 보아도
소용이 없을 수밖에……

떨어진 한 잎은
깨져 버린 너와의 사랑만큼이나
되돌리기가 힘이 든다.

고민이 고민스러운 건
언제나 다른 고민을 데려오기 때문이다.

포개진 고민 끝에, 떨어진 한 잎을
원래 자리에 조심스레 놓고 책을 덮었다.

비록 떨어졌지만
그 페이지를 펼치지 않는 한
그들은 분명 네 잎 클로버로 함께할 것이다.

우리는 알고 있다.
언제까지나 그것은 네 잎 클로버라는 것을
언제까지나 그것은 사랑이라는 것을

행복의 순례자

가난한 내 삶에
소망 하나 있다면
노을 진 들녘을
함께 걷는 사람들

가난할 내 삶에
소원 하나 있다면
사랑하는 사람들
쉴 수 있는 오두막

가난과 친구 하여
오랜 세월 지내도

사랑하는 이 곁에 있는
나는 행복의 순례자

기타 줄은 여섯 줄

기타 줄은 여섯 줄
위에서부터 내려오며 계이름은
미라레솔시미

첫 줄과 마지막 줄은
항상 계이름이 같습니다.

당신을 향한 내 사랑의
처음과 마지막이
언제나 똑같은 것처럼

무인도

인생이란
깨어나 보니 무인도 같은 곳.
목적이 있어 온 것 아니고,
오고 싶어 온 것은 더더욱 아닌 곳.
함께 표류한 몇몇 사람들끼리
서로를 위로하며 사는 것.
그래서 존재만으로도 눈물 나는 것.

인생이란
매일 생겨나는 문제들을
쉬지 않고 해결하며, 끝없이 달려가는
장애물 달리기 선수의 마음 같은 것.
그래서 옆 레인 선수가 더욱 애처로운 것.

앞으로만 달릴 수 있는 우리에게 허락된
오롯한 하나의 축복은

사랑하는 것.
무인도에서 깨어난 내 마지막 소망은
죽는 날까지 당신을 사랑하는 것.

나는 당신을
진실로 사랑하였기에
내 삶은 표류자의 생존 일기가 아닌
천국으로의 기행문이었다.

세월 지나
섬에 표류했던 모든 사람들이
이 섬에서 구조되어 떠난다 해도
나는 당신이 곤히 잠들어 있는
천국 같은 이 무인도에서
당신의 무덤가에
예쁜 꽃을 키우며 살고 싶다.

인생이란
깨어나 보니 무인도 같은 곳.

하지만 사랑만 있다면
영원히 머물고 싶은
천국 같은 곳.

당신 마음

세상에
아름다운 것들 많지만
당신 마음만큼일까요.

전등이 고장 난
캄캄한 방 안에 앉아
당신을 생각하며 울었습니다.

당신 마음에
고장 난 전등 같았던
대책 없던 내 사랑을
그래도 마지막까지
보듬어 준 당신.

세상에
위대한 것들 많지만
당신 마음만큼일까요.

얼려 주세요

내 마음
꽁꽁
얼려 주세요

당신과의 추억들
아름다운 이야기들
내 마음에 꽁꽁
얼려 주세요.

사는 게
외롭고 힘든 어느 날
간직해 온 내 사랑
조금씩 녹여
위로 받고 살도록

내 마음 꽁꽁
얼려 주세요.

온 세상 정전이 되도

절대 꺼지지 않는

내 마음에

꽁꽁

얼려 주세요.

자격

사랑은
구걸하는 게 아니라
자격을 갖추는 거라는데

나는
자격증을 여럿 가지고도
정작 당신에게
사랑 받을 자격이 없고
당신을
사랑할 자격도 없어

오늘도
무지하게 무자격스럽게
외롭고 슬프기만 합니다.

우문현답

당신을 사랑하고 싶었던 나는
만날 시간을 물었고
나를 만나기 싫었던 당신은
만날 장소를 답했다.

당신도 1로 보고 싶어

12345
휴지통
세 개의 별과 사과
MON TUE WED

벽시계도
컴퓨터 모니터도
스마트폰도
캘린더도
옆에서 보면 모두 1.

소중한 것들은 마주봐야 하는데
꼭 사랑할 것만 같은
당신도 1로 보고 싶어.

더 이상 궁금하지 않도록
더 이상 아프지 않도록

프러포즈

내게 있어 당신은
맛있는 음식 먹을 때
정말 아름다운 풍경을 보았을 때
가장 먼저 생각나는 사람.

진열장에 걸린 예쁜 물건을 볼 때면
소원을 비는 특별한 곳에서도
가장 먼저 생각나는 사람.

유리창에 입김 불어 이름을 쓰고 싶고
이어폰을 나누어 같은 음악을 듣고 싶고
평생 외투 주머니를 함께 공유하고 싶은 사람.

이제 막 과거가 된 이 글을 쓰던 순간에도
당신이 이 글을 읽고 있는 지금도
그리고, 언젠가 이 글을 다시 읽을 미래에도
당신은 변함없는 내 사랑입니다.

당신만이 하나뿐인 나의 사랑입니다.

당신께 드리는 이 반지는
당신이 내 마음의 주인임을 알리는 증표이며,
이 꽃은 우리 둘이 하나되는 순간을 축복하여
함께 태어난 생명입니다.
그리고, 나의 사랑이여
내가 태어나 처음 본 세상을
기억할 수 없는 이유는
당신과 함께할 이 세상 마지막 순간을
두 배로 기억하라는 하늘의 가르침입니다.

사랑하는 나의 사랑이여,
당신은 내 마음의 주인
새로운 생명을 향한 축복
세상의 마지막을 함께할 하늘의 선물입니다.
사랑하는 유리 씨, 저와 결혼해 주십시오.
영원히 당신을 사랑하겠습니다.
당신만을 영원히 사랑하겠습니다.

소중한 것들

얼굴에서 소중한
눈
코
입

아름다운 하늘의
해
달
별

살기 위해 꼭 필요한
밥
집
옷

소중한 것들은
모두가 짧다.

그래서일까

내 키도
짧다.

마음에 눈물 내리는 날

내 마음에 눈물이 내립니다.
아내를 위해 해 준 게 없다는 걸 알고도
정작 사랑한다는 말 한마디 못하고
망설이는 나를 보고 있으면
마음에 한없는 눈물이 내립니다.

내 마음에 눈물이 내립니다.
마음껏 놀아 주지 못한
곤히 잠든 내 아이의 얼굴을
늦은 밤 귀가해 바라보고 있으면
마음에 한없는 눈물이 내립니다.

세상보다 강해야만 한다는
아버지라는 이름을 핑계로
내 아내와 아이에게 쓰여진 시간이 부족함을 알기에
어쩌면, 가장 필요 없는 사람임을 알기에
내 마음에 눈물이 내립니다.
자꾸만 자꾸만 눈물이 내립니다.

별, 모래알

사랑하는 그대

밤하늘에 별이
몇 개인지 아세요.
바닷가에 모래알이
몇 개인지 아세요.

내가 그대를
사랑하는 만큼 많은
그 숫자.

오늘도
하나 둘 세어 봅니다.
수도 없이 그대를
그려 봅니다.
별 그리고, 모래알만큼

기다림

목적 있는 기다림은
기대가 있어

목적 없는 기다림은
설렘이 있어 좋다.

그대는 내게 있어
기대보다는 설렘.

존재하는 것만으로
볼 수 있는 것만으로
내 인생은 충분한 설렘.

사랑하는 우리

사랑하는
우리

끝까지 가면
어떻게 될까요

끝까지 못 가면
어떻게 될까요.

오늘 밤, 우리
월미도 디스코 팡팡 위에서
맹렬히 고민해 봐요.

끝까지 가면
좋을까요 우리

끝까지 안 가는 게
우리 좋을까요.

당신을 만난 것은

당신을 만나
꿈같은 꿈을 꾸고
사랑 같은 사랑을 합니다.

당신을 만나
하늘 같은 하늘을 보고
바람 같은 바람을 느낍니다.

세월이 지나
행여, 당신이 내 곁에 없다 해도
당신으로 인해 나는
추억 같은 추억 속에서
아름다운 인생을 살 것 같습니다.

당신을 만난 것은
정말이지
한 편의 영화 같은 영화입니다.

기능의 상실

문득 누군가가
그리울 때가 있다.

함께했던 추억 하나
손 끝에 박힌 가시처럼
몹시도 아파 올 때가 있다.

만날 수 있다면
문자라도 한 통 하겠지만
당신 이름 앞으로는
보내기 기능이 상실된 지 오래.
그리움은 더욱 짙어져 간다.

문득 누군가가
그리울 때가 있다.

손 끝에 박힌 가시 하나
평생을 빼지 못해
다른 사람 사랑할
기능을 상실할 수도 있다.

물속의 물고기

ⓒ 도건우, 2023

초판 1쇄 발행 2023년 5월 12일

지은이   도건우
펴낸이   이기봉
편집   좋은땅 편집팀
펴낸곳   도서출판 좋은땅
주소   서울특별시 마포구 양화로12길 26 지월드빌딩 (서교동 395-7)
전화   02)374-8616~7
팩스   02)374-8614
이메일   gworldbook@naver.com
홈페이지   www.g-world.co.kr

ISBN   979-11-388-1869-8 (03810)